THE GRUFFALO'S WEAN

Julia Donaldson
Illustrated by Axel Scheffler
Translated into Scots by James Robertson

Itchy Coo

The Gruffalo said it wid come tae nae guid
If a gruffalo roamed in the deep mirk widd.
"How no, how no?" *"Because, hae nae doot,*
The Muckle Mad Moose will find ye oot.
I saw him yince, wee wean o mine.
We met thegither lang, lang syne."

"Whit like is he? Gonnae tell us, Paw?
Is he awfie muckle and mad and aw?"

The Gruffalo said, *"It's queer indeed,*
But I cannae richt mind," – and he scartit his heid.

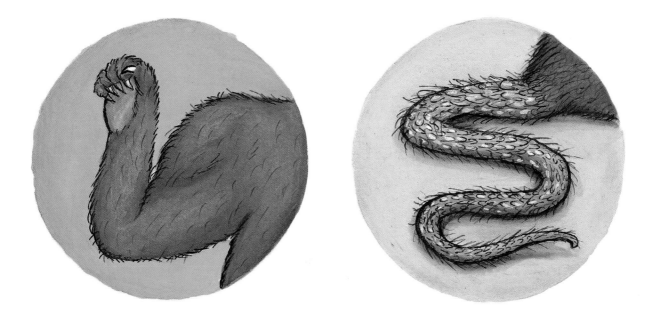

"The Muckle Mad Moose is awfie strang,
And his scaly tail is awfie lang.

His een are like dubs fou o burnie fire,
And his awfie whuskers are teuch as wire."

Wan snawy nicht, as the Gruffalo snored,
The Gruffalo's Wean thocht, "I'm pure bored."

The Gruffalo's Wean felt gallus and bauld,
Sae she tippy-taed oot intae the cauld.
It snawed and it blawed, and it didnae cease nane.
Intae the widd gaed the Gruffalo's Wean.

Oho! Ahaw! A trail in the snaw!

Whaur is it gaun? Can we find oot at aw?

A tail poked oot o a ricklie log hoose.

Could this be the tail o the Muckle Mad Moose?

The beast slippit oot. Jist wee were his een,
And as for whuskers, he'd nane tae be seen.

"Ye're no the Moose." *"No me,"* said the snake.
"He's doon by the loch — eatin gruffalo cake."

It snawed and it blawed and it didnae cease nane.
"I'm no feart," said the Gruffalo's Wean.

Oho! Ahaw! Clook merks in the snaw!
Whaur are they gaun? Can we find oot at aw?
Twa een gleamed oot fae a tree-tap hoose.
Could they be the een o the Muckle Mad Moose?

Doon the beast flew – his tail jimp and smaw.
And whuskers? He didnae hae ony at aw.

"Ye're no the Moose." *"That, I cannae deny.*
But he's no faur awa – eatin gruffalo pie."

It snawed and it blawed and it didnae cease nane.
"I'm no feart," said the Gruffalo's Wean.

Oho! Ahaw! A track in the snaw!

Whaur is it gaun? Can we find oot at aw?

Whuskers at last! And a deep-doon hoose!

Could this be the hame o the Muckle Mad Moose?

Oot snooved the beast. But his een had nae fire.
He'd nae scaly tail, and nae whuskers like wire.

"Ye're no the Moose." *"Och naw! No me.*
He's unner a tree – drinkin gruffalo tea."

Said the Gruffalo's Wean, "It's a trick efter aw!"
As she sat on a stump that wis smoorit wi snaw.
"I dinnae *believe* in the Muckle Mad Moose . . .

But here comes a wee yin oot fae his hoose!
No muckle, no mad – but dinnae turn back.
Ye'll taste braw as a midnicht snack."

"Haud on!" said the moose. "Afore ye dine,
I think ye should meet a freend o mine.
If ye'll let me up intae this hazel tree,
I'll beckon ma muckle, mad freend tae me."

The Gruffalo's Wean unsteekit her fist.
"The Muckle Mad Moose? Sae he *does* exist!"
The moose lowped intae the hazel tree.
He beckoned and said, *"Jist wait and see."*

Oot cam the mune. It wis roond and bricht.
A shadda wis cast – whit an awfie sicht!

Wha's this beast, sae muckle and strang?
His tail and whuskers are awfie lang.
His lugs are immense. On his shooder he's taen
A nut the size o a muckle great stane!

"The Muckle Mad Moose!" skraiked the Gruffalo's Wean.
The moose gied a smile and lowped doon again.

Oho! Ahaw! Prints in the snaw.

Whaur are they gaun? Can we find oot at aw?

The fit prints led tae the Gruffalo's lair,

Whaur the Gruffalo's Wean wis gallus nae mair.

The Gruffalo's Wean wisnae hauf sae bored…

And the Gruffalo snored
and snored and snored.

This book is dedicated to the memory of

Gavin Wallace
(1959-2013)
Friend and Guardian of Itchy Coo

First published 2013 by Itchy Coo
Itchy Coo is an imprint and trade mark of James Francis Robertson and Matthew Fitt and
used under licence by Black & White Publishing Limited

Black & White Publishing Ltd
29 Ocean Drive, Edinburgh EH6 6JL

5 7 9 10 8 6 4   14 15 16

Printed in China

ISBN: 978 1 84502 695 0

Originally published as *The Gruffalo's Child* by Macmillan Children's Books in 2004
Text copyright © Julia Donaldson 2004
Illustrations copyright © Axel Scheffler 2004
Translation copyright © James Robertson 2013

LOTTERY FUNDED